KB259926

자신이 가꾸어 가는 삶을 다정한 눈으로 지켜보며
긍정의 고개를 끄덕여주는 마음의 여유를 얻는 것이
바로 나에게로 떠나는 여행의 묘미입니다.


_____________________ 님께


_____________________ 드림

# 마음의 꽃밭을 그리다

2013년 11월 20일 초판 1쇄 인쇄
2013년 11월 27일 초판 1쇄 펴냄

지은이 ㅣ 법담스님
펴낸이 ㅣ 이철순
디자인 ㅣ 이성빈

펴낸곳 ㅣ 해조음
등    록 ㅣ 2003년 5월 20일 제 4-155호
주    소 ㅣ 대구광역시 남구 대명2동 1800-6 불교대구회관 2층
전    화 ㅣ 053-624-5586
팩    스 ㅣ 053-624-5587
e-mail ㅣ bubryun@hanmail.net



ISBN  978-89-92745-36-9 03810
•잘못된 책은 바꾸어 드립니다.    •책값은 뒤표지에 있습니다.

# 마음의 꽃밭을 그리다

## 법담스님의 감성 치유 에세이

해조음

## 2장 내 마음의 꽃자리

# 3장 사랑이라는 이름으로

# 4장 수행의 의미

# 바로 지금만이
# 그대의 전부입니다

내 인생에서 가장 행복한 날은 언제인가.

바로 오늘이다.

내 삶에서 절정의 날은 언제인가.

바로 오늘이다.

내 생애에서 가장 귀중한 날은 언제인가.

바로 오늘, '지금 여기'이다.

어제는 지나간 오늘이요,

내일은 다가오는 오늘이다.

그러므로 오늘, 하루를 이 삶의 전부로 느끼며 살아야 한다.


〈벽암록〉에 나오는 말씀입니다.

여기 이 순간이 아닌 다른 어느 곳에서
무엇을 찾으려고 한다거나 자신이 처한 바로 여기에서
만족하지 못할 때 괴로움은 찾아옵니다.
최선을 다해 오늘을 살 때 더 나은 미래는 보장되고
행복은 찾아옵니다.
이것이 바로 연기의 법칙이요, 인연의 도리입니다.
매 순간 절실한 마음으로 삶의 전부인 것처럼 산다면
못 이룰 게 무엇이며, 얻지 못할 게 어디 있겠습니까.

세상 사람들은 성공과 행복을 꿈꾸지만
그것을 이루기 위한 노력보다는
요행을 바라거나 막연하게 행운을 기다립니다.
온 몸을 불살라 노력하는 대신 이 핑계, 저 핑계를 들이대며
변명을 늘어놓거나 남 탓으로 돌리고 원망하며
시간을 허비합니다.
바로 지금만이 그대의 전부입니다.

이 책을 읽는 이들이 잠시라도 내면을 들여다보고
마음챙김의 시간을 가지길 바라며,

긍정적인 사고와 희망적인 힘찬 발걸음으로
세상을 향해 나아가 행복을 찾고
행복을 만끽한다면 더 바랄 게 없을 것입니다.

이 책이 나오기까지 많은 분들의 도움이 있었습니다.
출판의 처음부터 끝까지 세심하게 챙겨준
해조음 이철순 대표님께 진심으로 감사의 말씀을 전합니다.
에너지 넘치는 색감으로 보는 이들을 행복으로 이끌어주는
김영식 화가의 그림은 글을 돋보이게 하는데
큰 힘이 되었습니다.
깊이 감사드립니다.
인연 있는 사부대중에게도
고마운 감사의 마음 잘 간직하겠습니다.

이 책으로 인해 새로운 인연이 널리 이어지기를 소망하며
모든 이웃이 행복하여지이다.

법담 두손모음

# 1장
## 마음이라는 꽃밭

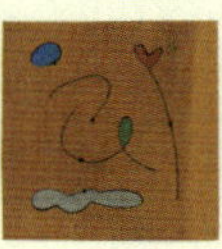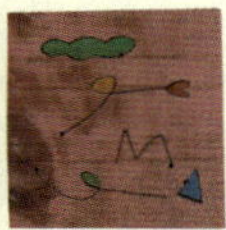

# 마음이라는 꽃밭

마음은 우리가 생각한 대로
골라 기를 수 있는 꽃밭과 같습니다.
마음의 꽃밭에는 가시덤불을 키울 수도 있고,
아름답고 향기로운 꽃으로 가득 메울 수도 있습니다.

마음의 꽃밭에는
언제까지나 화려하고 예쁜 꽃으로
가득할 수는 없습니다.
때로는 메말라 비틀어지고 앙상한 가지만 남은 꽃을
발견할 수도 있을 것입니다.

못나고 초라한 꽃일지라도 그것 또한
자신의 꽃밭 가운데 있는 것임을 잊지 말아야 합니다.

비록 눈길을 외면하고 싶은 하찮은 꽃이라 해도
볕이 잘 들게 하고 물을 뿌려 보살핀다면
꽃 피우는 걸 배울 수 있답니다.

우리의 인생살이도 마음 밭에 꽃을 피우는 것과 같습니다.
잠시 한눈 파는 사이
씨앗이 싹트기도 전에 메말라버리기 일쑤니까요.

이기심, 성냄, 부도덕 등 부정적인 요소들은
마음의 꽃밭을 황폐하게 합니다.

그렇다면 아름답고 향기로운 꽃밭을 가꾸기 위해
우리는 무엇을 해야 할까요?
바로 자신의 마음을 주의깊게 들여다보는 수행을 해야 합니다.

인간이 동물과 다른 것이 있다면
바로 수행할 수 있는 능력을 갖고 있다는 것입니다.
수행이란 자기 자신을 위해 할 수 있는
가장 쓸모있는 일이라고 단언할 수 있습니다.

여러분은 어떤 꽃밭을 가꾸고 싶은가요?


마음이라는 꽃밭에 수행이라는 햇볕과 바람,
자비와 지혜가 넘치는 물을 뿌린다면
향기 가득한 꽃들은
자기도 모르는 사이 저절로 자라날 것입니다.

그런 넉넉하고 자비심 넘치는 멋진 꽃밭에서
사랑을 실천하는 주인공이 되어 보세요.

# 마음 길들이기

‘마음을 닦는다’는 말이 있습니다.
마음은 닦으면 닦을수록 지혜가 넘치는
광채 나는 신기한 그 무엇입니다.


마음은 눈에 보이지는 않지만 언제 어느 때든
현상으로 분명하게 우리 앞에 나타납니다.


닦지 않은 마음은 주위 환경에 따라
이리저리 끌려 다니게 됩니다.


좋은 일이 생기면 금방 즐거워하다가도
나쁜 일이 생기면 금새 괴로워합니다.

마음은 정말 종잡을 수 없고 제멋대로입니다.

마음 안에는 얼마나 여러 개의 마음이 숨겨져 있는 걸까요?

마음은 복잡 미묘한 거울입니다.
세상의 온갖 것을 다 비추니까요.

마음은 망아지와도 같습니다.
잘 붙들어 매놓지 않으면 이리저리 날뛰니까요.

자신을 둘러싼 주위 현상들에 대해
마음을 기울여 주의하지 않으면
엎어지고 넘어져 상처투성이로 만신창이가 되기 일쑤입니다.

마음 먹기에 따라 인생살이가 달라지려면
마음의 움직임을 항상 예의주시하고
마음 닦는 수행을 게을리하지 않아야 합니다.

자신의 마음을 지배하는 사람이 바로 깨달은 사람입니다.

# 평온을 얻기 위해

감정의 파도가 우리 마음의 수면에 들이칠 때
성난 파도에 휩쓸리지 않으려면
잔잔한 마음으로 사물을 바라보아야 합니다.

매순간 사람이나 사물을 대할 때
감정의 파도에 따라
한 쪽만 바라보거나 기울어짐 없이
수평의 마음을 가지려고 노력해야 합니다.

세찬 파도는 본래의 모습을 잃어버리게 하여
왜곡된 시선으로 사물을 바라보게 합니다.

사람들은 저마다 제멋대로의 잣대를 가지고 있습니다.

자기가 보고 싶은 대로 보고
자기의 생각대로 왜곡하며
미리 이리저리 되어주기를 바랍니다.


마음의 평온을 얻기 위해서는
세상을 보는 바른 시각을 가져야 하고
스스로도 주위의 어떤 칭찬이나 비난에도
흔들리지 않아야 합니다.


오직 잔잔한 마음의 바탕 위에서
주의깊게 사물을 바라보고
세상의 진실한 소리에 귀 기울일 때
진정한 마음의 평안은 얻어질 것입니다.

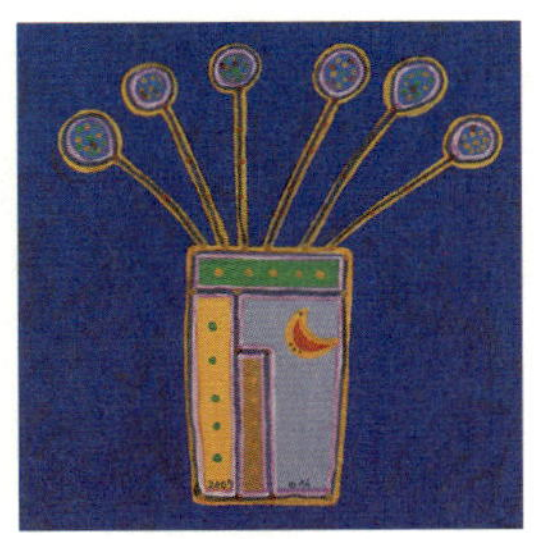

# 흐르는 강물처럼

인생은 시작과 끝이 있는 일회적인 것이 아닙니다.
쉼 없이 왔다가는 다시 사라져 가 버리는
순환의 연결 고리를 하고 있는 게 인생입니다.
이것은 필연적인 우주의 법칙입니다.


만났다 헤어지고
다시 새로운 만남이 이어지듯
인생은 흐르는 강물과 같습니다.
그저 흘러가고 있다는 사실을 알아차린다면
인생에서 주어지는 좋은 기회를
놓치지 않을 수 있습니다.

2010. 04

살아간다는 것은 보이지 않는 세계에서
꿈틀거리는 에너지가 흐르는 강물처럼
어떤 현상에서 교감하면서 관계를 맺고 있는 것입니다.

가고 오는 흐름을 막지 말고

만나고 헤어지는 흐름을 직시하며

인생의 본질을 꿰뚫어 알아차려야 합니다.


무수히 흐르는 기(氣)의 흐름에

정신적 주파수를 딱 맞출 줄 아는 힘을 길러야 합니다.


정신을 집중하여 내면에 흐르는 기운을

자세히 관찰할 줄 알게 되면

걸림없는 자유를 누릴 수 있습니다.


서로 기운을 주고 받으며 살아가는 인생살이에서

자신이 원하는 성공을 이루려면

좋은 긍정적 에너지가 흐를 때

그것을 놓치지 않고 잡을 수 있는 지혜와 용기가 필요합니다.

# 흔들리지 않는 마음

우리의 본래 마음은 어느 곳에도 기울어지지 않는
고요한 호수와 같습니다.

아침에 일어나 잠자리에 들 때까지
크고 작은 일들이 마음의 호수를 어지럽힙니다.

감정의 파도가 일 때마다
엎어지고 넘어지며 통제력을 잃고
이리저리 흔들린다면
끝내 자신을 괴롭히며 망치게 되는 극단으로 치닫게 됩니다.

마음의 호수 위에 나타나는 감정의 현상들은
사물의 본래 모습이 아닌 경우가 많습니다.

2012

한순간 찌그러지고 왜곡된 모습으로
풍랑을 일으키는 것입니다.

우리의 마음은 간사하여
자신이 보고 싶은 것만 보고
듣고 싶은 것만 들으려고 합니다.

부분적인 것을 크게 확대시켜
자신의 감정을 거기에 대입시켜
전체를 놓치는 어리석음을 범합니다.

격한 풍랑에 휩쓸리지 않고
사소한 감정들에 흔들리지 않으려면
잔잔한 마음으로 사물을 바라볼 수 있어야 합니다.

어느 한 쪽으로도 기울어지지 않는
고요하고 평온한 마음으로 사물을 대할 때
비로소 삶의 본래 모습과 만날 수 있습니다.

# 고통의 진실

우리는 살아가면서 즐겁고 행복한 것만
받아들이려고 합니다.
인간의 근원적 요소 안에는
즐겁고 행복한 것만 들어있지 않습니다.

우리의 삶 안에는 슬픔도 있고 눈물도 있는데
오직 즐거운 삶만을 바라고 받아들이기 때문에
고통은 생겨나는 것입니다.

인간의 삶 속에는
참으로 다양한 요소들을 포함하고 있습니다.
고통을 피하면서 보내는 삶은
또 다른 두려움이 따릅니다.

삶의 본질을 망각하고 단지 행복하기만을 바란다면
고통이 먼저 우리를 따라옵니다.
마음 속 고통은
삶에 대한 잘못된 인식 탓입니다.

어려운 현실에 부딪히거나 흔들릴 때마다
예의주시하며 내면을 들여다보면
고통의 실체를 알아차릴 수 있을 것입니다.

고통은 오히려 우리를 튼튼하게 합니다.
어려울 때일수록 심지(心地)는 더욱 견고해지고
마음공부는 더욱 익어가니까요.

# 단순하게 살기

요즈음은 단순하게 살기가 참으로 어렵습니다.
생활을 단순하고 밝게 유지할수록 행복은 가까워집니다.

짐에 눌려 복잡하고 무거워진 삶은
우리의 정신마저 흐리멍덩하게 합니다.

모든 것이 너무 풍족하고 다양한 시대에 살다보니
오히려 정신적인 결핍증에 시달릴 때도 있습니다.

많이 가지려는 욕망은
번뇌를 일으켜
우리에게 족쇄를 채웁니다.

2008. 04

저마다 묵직한 열쇠 꾸러미를 갖고
복잡다단한 삶을 영위하느라 힘겨워합니다.

생활이 복잡하면 그만큼 산만해지고
의식 또한 뿌연 안개가 낀 것처럼 선명하지 못합니다.


단순한 삶을 추구하는 사람은
내면의 흐름을 잘 관찰하여
한 대상에 붙들리지 않고
마음먹은 대로 자연스럽게 행동할 수 있습니다.

소유하는 만큼 구속 당하며
버리는 만큼 자유로울 수 있습니다.
행복해지려면 버리고 또 버리는 연습이 필요합니다.

하늘을 나는 새들처럼
한없이 가벼운 단순한 삶은
우리를 행복으로 이끌어줍니다.

# 위대한 포기

욕심을 포기하는 일은
용기 있는 사람만이 할 수 있는 행위입니다.
탐욕을 버리면 아무 두려움이 없어지기 때문입니다.

인류 역사상 가장 위대한 포기는
부처님의 출가를 꼽을 수 있습니다.
부처님의 출가는
여느 범부의 포기나 버림과는 차원이 다릅니다.

우리는 날마다 무엇인가를 움켜쥐려고만 합니다.
놓아버리는 것보다 가지려고 하는데 더 익숙해져 있습니다.

자기로부터 조금만 떨어져서 보면

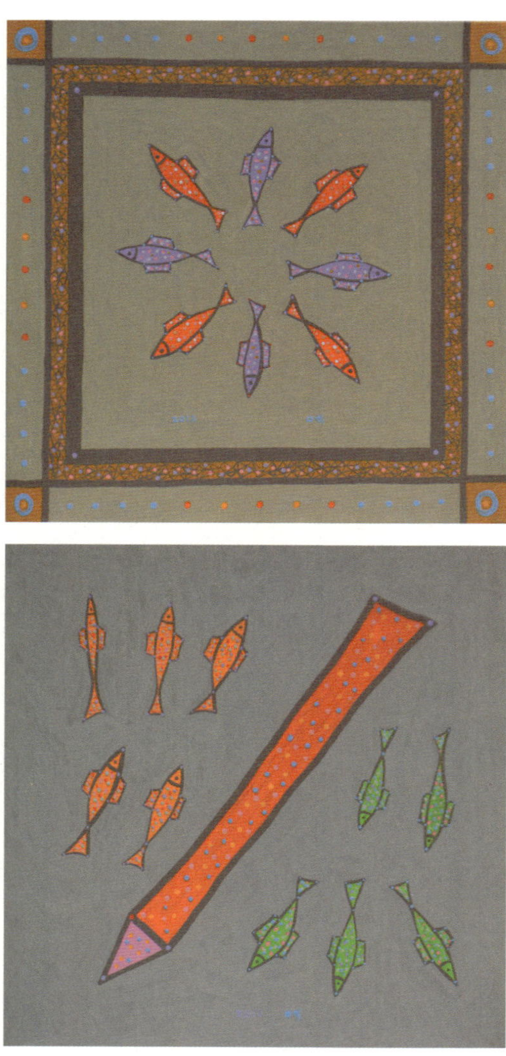

집착으로 똘똘 뭉쳐진 자신을 발견하게 됩니다.
손에 꽉 쥔 모래가
언젠가 손가락 사이로 모두 빠져나가 버릴텐데
헛된 욕망에 사로잡혀 움켜쥔 손을 펼치지 못합니다.

그릇된 집착은
자신에 대한 가장 잔인한 행위입니다.

비록 작은 일이라도
집착에 갈등하고 있는 자신을 발견한다면
위대한 포기를 시도해 보세요.

삶은 스스로 만들어가는 것입니다.
이것은 진리입니다.

# 희망을 노래하다

인생의 긴 여정을 살아가다보면
맑은 날만 있는 것이 아닙니다.
뜻하지 않는 흐린 절망의 날을 만날 때가 더 많습니다.

지금의 상태가 아무리 나쁘게 보일지라도
희망의 씨앗을 심으면
그 순간 이미 절망은 사라져 가고 있습니다.
그리고 희망의 미래는 열려 오고 있는 것입니다.

어떤 절망 속에서도
희망만 잃지 않는다면
절망을 뚫고 일어설 수 있다고 확신합니다.

희망은 절망 속에서 피어나는 꽃과 같습니다.
가슴을 펴고 눈을 들어 빛을 보며 나아가는 동안
희망은 스스로 꽃망울을 터뜨립니다.

앞날에 희망을 놓치지 않으면
무엇이든 할 수 있고
무엇이든 될 수 있습니다.

가슴에 희망의 빛을 품고
당당히 앞으로 나아가는 사람만이
자신이 꿈꾸는 달콤한 열매를 따 먹을 수 있습니다.

# 하루의 시작

하루의 시작인 아침은 참으로 중요한 시간입니다.
빛나는 하루의 출발점이 바로 아침이기 때문입니다.
아침을 밝은 생각들로 가득 채우면 하루가 알차고 보람됩니다.

기분 좋은 아침에 떠오른 생각대로 일을 하면
성공할 확률이 훨씬 높아집니다.

반면에 하루를 울적한 기분으로 시작하면
생각대로 일이 잘 풀리지 않게 됩니다.

우울한 느낌을 날려버리고
기쁨과 웃음으로 명랑한 아침을 맞이할 수 있도록
스스로 다짐하고 노력해야 합니다.

사랑하는 사람을 만나러 가는 것처럼
즐겁고 밝은 마음으로 아침을 맞이하면
오늘 하루도 연인처럼 밝고 기쁜 얼굴로 다가올 것입니다.

모든 것이 마음의 그림자입니다.
마음이 정화된 모습으로 하루를 시작하면
어느 때 어느 곳에  있더라도
하루가 광채로 빛날 것입니다.

기쁨으로 아침을 맞이하는 연습을 해 보세요.

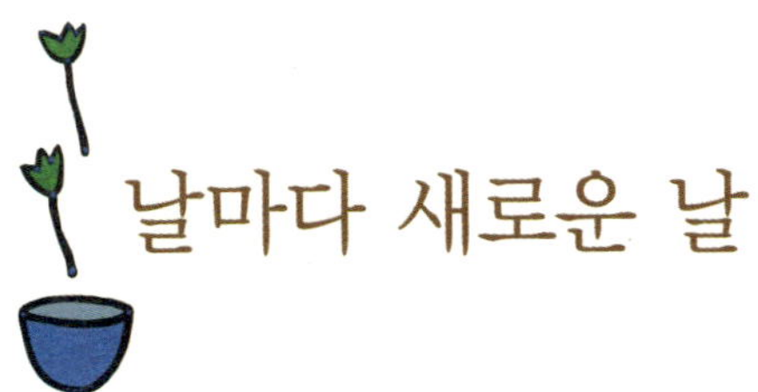

# 날마다 새로운 날

날마다 새로운 날이 되기 위해서는
어느 곳에도
마음이 얽매이지 않아야 합니다.

이미 지나간 과거를 붙잡고 있거나
지나간 추억들을 자꾸 오늘에 끌어들여 연연해하거나
어제의 일들을 완전 연소하지 못하고 남겨둔다면
날마다 새로운 날이 되기는 어렵습니다.

매일의 아침은
지난 과거를 마음에서 떼어 버리고
새로 출발하는 좋은 기회입니다.

어제의 낡은 기억들을 활활 태워
새롭게 꽃피우는 거름이 되게 한다면
날마다 새롭게 태어날 수 있을 것입니다.

지나간 일을 반성하고
오늘을 성실하게 노력하며
진실하고 꿋꿋이 살아가는 것이
바로 거듭 새롭게 태어나는 일입니다.

매 순간 맑고 생생하게 깨어 있으면
그것은 날마다 좋은 날
날마다 새로운 날입니다.

# 자연의 소리

인간은 자연의 변화에 매우 민감합니다.
인간도 자연의 일부니까요.
맑은 날은 기분도 좋아지고 괜히 명랑해지는데
흐린 날은 저도 모르게 차분해지고 우울해지기도 합니다.

자연의 위대함은 새삼스러운 게 아닙니다.
계절 따라 바뀌는 여러 가지 자연 현상들은 정말 경이롭고
아낌없이 베푸는 자연의 선물은 황송하기 그지없습니다.

자연은 인간이 살아가야 할 거대한 집입니다.
부수고 다시 지을 수 있는 집이 아니라
우리 모두가 함께 살아가야 할 공동의 둥지입니다.

집이 깨끗해야 건강하고 행복한 삶을 누릴 수 있듯이
인간은 자연의 순리에 따르고 아름답게 가꾸며
그 안에서 존재한다는 사실을 잊지 말아야 합니다.

살아 숨쉬는 자연의 생명력을 망각한 채
문명의 이기로 자연을 마구 파괴하는 행위는
우리가 살고 있는 집을 부수는 것과 마찬가지입니다.

한번쯤 마음을 가다듬고
자연의 소중함을 상기하며
무한한 에너지를 방출하고 있는
자연의 소리에 귀 기울여보세요.

# 깨달음이 있는 이야기 ①

옛날 한 여인이 하나 밖에 없는 아들을 잃었습니다.

그 여인은 죽은 아들의 시체를 안고 부처님을 찾아가

살려달라고 애원했습니다.

부처님께서는 아들을 잃은 딱한 여인에게

한 가지 약속을 지키기만 하면 아들을 살려주겠다고 말했습니다.

그것은 다름 아닌 지금껏 한 사람도 죽은 적이 없는 집을 찾아서

겨자씨 한 줌을 얻어 오면 잃은 아들을 살려주겠다고 약속했습니다.

슬픔을 가득 안은 여인은 이 집 저 집 돌아다니며

죽은 사람이 있는지 없는지 물어 보았습니다.

그런데 대답은 한결같이 죽은 사람이 있다고 말했습니다.

어떤 집에는 3년 전에 할아버지가 돌아가셨고,

또 다른 집에는 그 여인과 똑같이 아들이 죽었다는

이야기를 들었습니다.

2012

어느 집을 방문해도 모두들 살아있는 사람보다
죽은 사람이 많다는 대답뿐이었습니다.

그녀는 끝끝내 겨자씨를
얻지 못하고 빈 손으로 부처님께 돌아갔습니다.
부처님께서는 그녀를 위로하면서
죽음이란 살아있는 모든 생명에게 찾아오는
필연적인 것이라고 말씀하셨습니다.

그 때서야 그녀는 생명의 본질을 깨달았습니다.
인간의 생명이란 결국 불빛과 같아서
언젠가는 그 빛이 사라져 명멸하는 것임을 깨달은 여인은
울기를 멈추고 사랑하는 아들의 죽음을 조용히 받아들였습니다.


죽지 않고 영원히 사는 것은 없습니다.
또한 삶과 죽음이 따로 있지 않고 무수한 고리로
이어져 서로 연결되어 있음을 깨달을 때
죽음을 두려워하기보다
매순간 삶을 더 충실히 살아갈 수 있습니다.

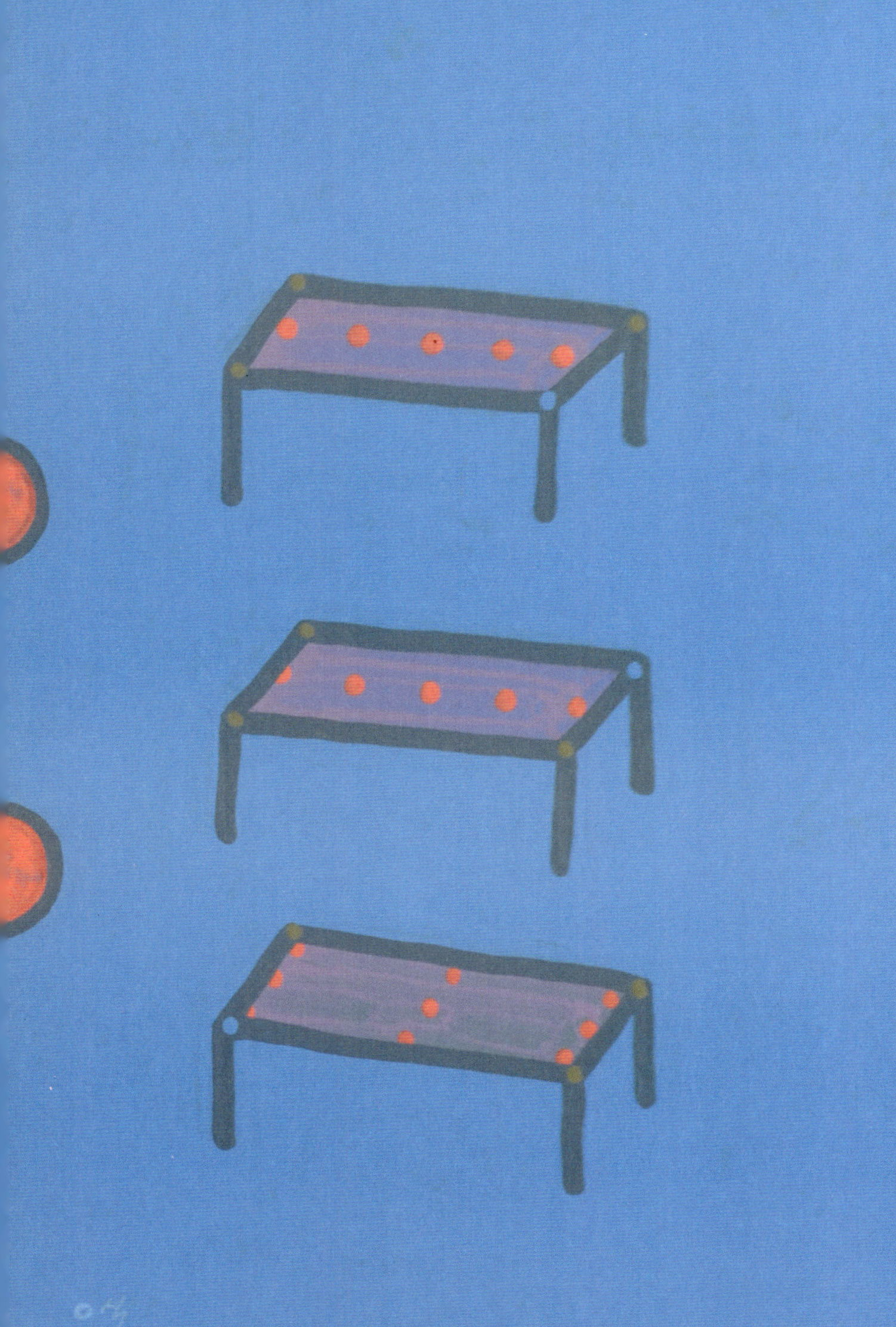

# 2장
## 내 마음의 꽃자리

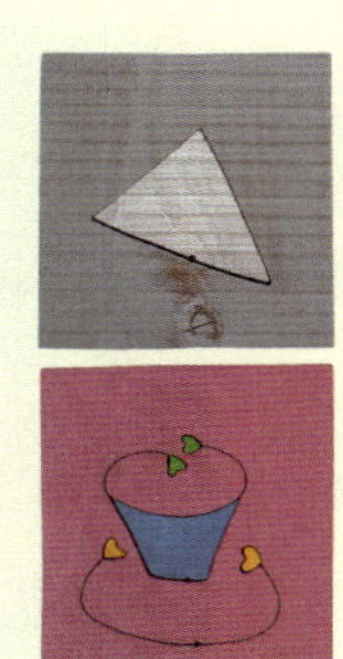

# 내 마음의 꽃자리

삶은 하나의 멋진 예술입니다.
누구나 자신만의 화폭에 제 빛깔과 향기로
그림을 그릴 수 있습니다.

인간은 누구나 무한한 잠재력과 가능성을 가지고 있습니다.
이러한 고여 있는 힘이 표출되는 방식은 저마다 다를 것입니다.

남들과 똑같은 그림을 그리려고 애쓰거나
남과 비교해서 저울질하는 인생은 불행해질 수밖에 없습니다.

자신의 목소리로 노래를 부르며
자신의 붓으로 그림을 그려나갈 때
보이지 않는 세계로 들어가는 문이 열리게 되는 것입니다.

이 세상에는 자신과 다른
타인이 존재한다는 사실을 명심해야 합니다.
타인을 따라가는 삶이 아닌 스스로의 주인이 되어야 합니다.

삶이란 단지 중요하다고 여기는 몇몇 일들이 전부는 아닙니다.
작고 하찮은 일들조차 씨줄과 날줄로 엮어져 있기에
전체가 하나로 열매 맺을 때 진정 완성된 결실을 얻을 수 있습니다.

자신이 처한 시간과 공간이
비록 가시방석처럼 모난 곳일지라도
그 자리가 바로
제 빛깔과 향기를 낼 수 있는 꽃자리입니다.

# 불행해지지 않기

요즈음 많은 사람들이 우울증, 신경과민, 조울증, 스트레스
노이로제, 자살충동 등에 시달리고 있습니다.

옛날보다 먹고 살기가 훨씬 더 나아졌는데
없던 병들이 늘어나는 것은 참으로 아이러니가 아닐 수 없습니다.
어떤 면에서 이런 정신질환은 암보다도 무서운 병입니다.

빠르게 질주하는 문명의 발달 속도가
우리로 하여금 더욱 바쁘게 살아가라고 부추기는 것 같습니다.

문명의 이기가 오히려 마음을 황폐하게 하고
스스로 그것들의 노예로 전락하게 만듭니다.

그저 편리함만을 쫓고 자신의 내면을 들여다보기도 전에
상대와의 단순 비교만 하다보면
마음의 병은 자기도 모르는 사이
소리 없이 스며들게 됩니다.

마음 속 절망, 고뇌, 괴로움, 불행을 치유하는 방법은 없는 걸까요?
스스로를 바로 세우는 길을 찾아야 합니다.

방법은 하나가 아닐 것입니다.
때로는 불행을 끌어안음으로써 정면 돌파가 필요할 것이고
때로는 긍정적 에너지로
마음을 튼튼하게 무장할 수도 있을 것입니다.

마음의 병은 일종의 먹구름입니다.
잔뜩 덮여 있는 먹구름만 걷어내면
본래의 모습을 되찾을 수 있습니다.

불행해지지 않기 위해서는 어떠한 경우에도
자신의 잠재의식에 부정적인 요소를 받아들이지 않아야 합니다.

날로 날로 향상 발전하며 운명은 늘 새로이 개척되고
기쁘고 즐겁고 신나는 일들만 생길 수 있도록
스스로에게 마법을 걸어야 합니다.

마음이 어두운 곳을 기웃거릴 때마다
기쁘구나
즐겁구나
행복하구나
고맙구나
멋지구나
이렇게 외쳐보세요.

어두운 먹구름이 생길 틈도 없이
마음이 한결 가벼워질테니까요.

#  마음의 창문

마음의 창문은 크기가 정해져 있지 않습니다.
마음의 창문은 방향도 따로 정해져 있지 않습니다.
마음의 창문은 마음먹기에 따라 달라지는
도깨비 방망이 같은 것입니다.

햇살 가득한 밝은 쪽으로 마음의 창문을 열면
따사로운 행복이 찾아오고
감사하고 사랑하는 마음의 창문을 열면
평안과 자유를 얻을 수 있습니다.

괴로움이라는 마음의 창문을 열면
세상은 온통 어두움으로 가득 차
아무것도 볼 수가 없습니다.

떠도는 뜬구름 같은 현상의 어둠에
마음의 창문이 닫혀 있다면
얼른 빛이 있는 쪽으로
마음의 창문을 활짝 열어야 합니다.

현상의 본질과 생명의 실상을 보려면
사물의 밝고 환한 방향으로
마음의 창문을 크게 바로 열어야 합니다.

대생명의 찬란한 빛을
흠뻑 받아들일 수 있게
마음의 창문을 항상 열어놓아야 합니다.

밝은 쪽을 향하여 마음의 창문을 크게 열면 열수록
자신이 필요로 하는 것은
자연히 흘러 들어오게 되는 것입니다.

# 향기나는 아름다움

인생살이가 행복해지려면
복덕(福德)과 지혜(智慧)를 갖추어야 합니다.
거기에다 아름다운 마음이 보태어진다면
금상첨화이지요.


아름다움은
비교급이 아니라 최상급만 존재합니다.
아름다움은
그 자체로서 고유하게 존재하기 때문입니다.


아무 거리낌이나 두려움 없이
삶에 열중하는 모습은 아름답습니다.

침묵의 공간에서 묵묵히 수행하는 모습은
더없이 고귀하고 아름답습니다.

애정이 담긴 시선으로 사물을 찬찬히 들여다보면
절로 아름다움을 발견할 수 있습니다.

엄격한 법칙과 질서에 따라
부지런히 변화하는 자연의 모습에는
경이로운 아름다움이 있습니다.

자신의 삶을 오롯이 가꾸어가며
싱싱하게 피어남으로써 은은한 빛과
순수한 향기를 뿜는 일은 참으로 아름다운 일입니다.

담백한 내음으로 주위 사람들에게
향기나는 아름다움을 안겨 줄 수 있다면
최상의 가치 있는 일이요
최고로 보람 있는 일일 것입니다.

# 기도의 힘

때때로 우리는 자신이 완전하다고 착각하며 살아갑니다.
하지만 우리의 삶은 근본적으로 완전하지 못하기 때문에
불만스러운 것 투성이입니다.
삶이 불완전한 것임을 알아차려 완전해지려고 노력하는 가운데
인생의 진정한 성장과 향상을 맛볼 수 있습니다.

누구나 이 세상에 태어난 이상
인생이란 긴 항해를 하지 않을 수 없습니다.
인생이란 긴 항해를 하려면
때로는 지치고 포기하고 싶은 유혹에 빠지기 십상입니다.
그럴 때마다 더러워진 부분은 닦아 윤기를 내고
헐거워진 곳은 조여 단단하고 튼튼하게 만들어
긴 항해를 할 수 있도록 스스로를 일으켜 세워야 합니다.

2008. 04

2007 OK
KIM YOUNG SIC

어디에서 그런 힘을 얻을 수 있을까요?
그것은 바로 기도입니다.

인간이 가지고 있는 가려진 능력을 꺼내는 일이
기도의 힘입니다.
기도는 우리가 그토록 바라고 되고 싶어하는
신세계로 들어가는 문이기도 합니다.

원하는 좋은 소리를 들으려면 주파수를 딱 맞추어야 합니다.
그렇지 않으면 잡음만 들릴 뿐입니다.
잠재된 능력을 최대한 끌어올리는 기도의 힘으로
우리의 소망은 이룰 수 있습니다.
가슴 깊은 곳으로부터 끓어오르는 열정으로 간절히 기도하는 동안
좋은 운과 좋은 인연은 저절로 만들어지는 것입니다.

우리의 삶은 한 번 사용하고 버려지는 일회용이 아닙니다.
우리가 포기하지 않는 한 세상은 결코 우리를 포기하지 않습니다.
살아 있는 한 언제나 희망은 우리 편입니다.
포기하지 말고 기도하세요.

# 나에게로 떠나는 여행

사람들이 추구하는 수많은 갈망 가운데
여행은 빼놓을 수 없는 인생의 자양분이 됩니다.
여행은 우리에게 많은 선물을 안겨주기 때문입니다.

여행의 참 가치는 여러 가지가 있을 것입니다.
갇혔던 일상에서 벗어나 진정한 자유를 누릴 수도 있고
미지에 대한 호기심과 신비감을 느낄 수도 있습니다.

살아가면서 한번쯤 공간적인 이동으로서의 여행이 아니라
자기 자신에게로 떠나는 여행을 해 보면 어떨까요?

자신 속에서 진정으로 자유롭고 안락하며
가고 오는 흐름을 그대로 관조하며 즐길 수 있는 여행이야말로

값어치 있는 나에게로 떠나는 여행입니다.


자신이 가꾸어 가는 삶을 다정한 눈으로 지켜보며
긍정의 고개를 끄덕여주는 마음의 여유를 얻는 것이
바로 나에게로 떠나는 여행의 묘미입니다.


황폐해진 마음 밭에 촉촉한 물을 뿌려
작은 꽃이나마 가꿀 수 있게 북돋움을 주는 것이
진정 나에게로 떠나는 여행의 의미입니다.


여행에서 얻은 내면의 힘으로
몸과 마음의 균형을 바로 세우고
날마다 새롭게 선명한 그림을 그릴 수 있다면
자신이 하는 일에 의미와 가치를 부여해서
일하는 동안 기쁨과 행복을 얻을 수 있을 것입니다.

# 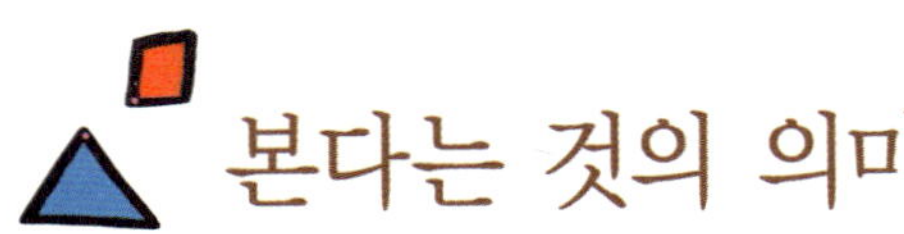 본다는 것의 의미

세상에는 우리가 보는 것만 존재하는 게 아닙니다.
우리가 보는 것은
'빙산의 일각'에 불과하다는 표현을 쓰곤 합니다.


'빙산의 일각'이란 보이는 것은 극히 일부분이고
숨어서 보이지 않는 부분이 더욱 크다는 뜻입니다.


결국 지금 우리가 보고 있는 것은
보이지 않는 것의 가시적인 나타남이라는 말입니다.


그렇다면 우리는 무엇을 보고 믿어야 할까요?


보이는 것만 믿는 사람도 있을 것이고

보이는 것이 전부는 아니라고 믿는 사람도 있을 것입니다.

자신이 옳다고 믿는 것을 계속하다가
눈에 보이는 결과가 나오지 않을 때
우리는 쉽게 포기해 버리는 경우가 많습니다.

그럴 때 다시 한번 눈에 보이는 게 전부는 아니라고 믿고

2009. 04
KIM YOUNG SIC

최선을 다한다면 언젠가는 틀림없이 좋은 결과를
얻을 수 있을 것입니다.

훌륭한 업적을 이룬 많은 사람들은
주위의 비판이나 반대에도 흔들리지 않고
보이지 않는 세계가 더 크다고 믿고
꿋꿋하게 숨겨진 그 무엇인가를 위해 열심히 노력한 사람들입니다.

보이는 것에만 매달리지 말고 보이지 않는 곳에서
에너지를 얻을 수 있다는 믿음으로 최선을 다한다면
언젠가는 빛을 볼 날이 눈 앞에 나타날 것입니다.

보이는 것이 전부가 아니라는 믿음이
우리의 마음가짐과 행동을 바꿀 수 있습니다.
어려움에 부딪힐 때마다 좌절하거나 포기하지 말고
보이지 않는 세계가 내 편이 되어줄 거라는 믿음을 갖고
긍정적 에너지를 만들어보세요.

# 🍎 나누는 기쁨

나누는 일은 정신 수양에 매우 필요한 요소입니다.
마음을 나눌 수도 있고 물질을 나눌 수도 있습니다.

기꺼운 마음으로 나눌 수 있을 때
정신은 건강해지고 기쁨을 얻을 수 있습니다.

나누는 동안 우리의 마음은
본래의 순수함을 되찾게 되고
집착으로부터 자유로워져
마음의 풍요를 가질 수 있습니다.

나눔의 미덕이 꽃피고 열매 맺기 위해서는
일회성이 아닌 꾸준한 실천이 뒤따라야 합니다.

2012

나누지 않고 주어지기만을 바라는 것은
이기적인 욕심입니다.

나눔을 실천하면
지금까지의 삶을 뒤바꿀 수도 있고
우리의 삶을 훨씬 더 유동적이고 생기 있게 만들어줍니다.

꼭 필요한 곳에 적절하게 나눔을 베푸는 일은
지혜를 살찌우는 좋은 샘물이 됩니다.

가족과 나누고 이웃과 나누는 일은
퍼내면 퍼낼수록 더 많이 솟아나는
한없는 샘물이 됩니다.

# 거꾸로 가는 세상

어느 기준에서 말하는 것인지 모르겠지만
예전에 비할 바가 못 될 정도로
요즘은 살기가 많이 좋아졌습니다.

물질적 풍요에 비례해서
사람들은 절망과 불신, 미래에 대한 불안으로
정신적 질병을 앓고 있는 것도 사실입니다.

많은 사람들이 물질의 추구를 향해 질주하고 있는 동안
세상은 인간적인 논리가 아닌
자본의 척도로 인간을 바라보게 되었습니다.

미래를 걱정하는 사람들은

아무리 물질 만능의 시대에 살고 있지만
인간의 삶은 궁극적으로 정신과의 싸움에서 이길 때
진정한 승자가 된다고 말합니다.

지구촌 어느 곳에는 물질을 향해 쾌속질주하는 대신
거꾸로 가는 것처럼 보이는 세상에서 살아가는 사람들도 있습니다.
그들은 가진 것이 훨씬 많은 우리 보다
더 행복하고 평화롭게 살아가고 있습니다.

물질 문명을 향해 빠르게 달리기만 할 것이 아니라
한번쯤 브레이크를 밟고 멈추어 서서
세상을 거꾸로 돌려서 보면
인간적 소박함과 순수성, 진정성이
빛나는 정신적 자양분임을 알게 될 것입니다.

적게 가지고 조금 느리게 살아가면서
이웃과 나누는 일상의 따듯한 마음을 잃지 않고
항상 다정하고 친절하게 미소를 머금은
삶의 여유를 가질 때 마음의 평정은 얻어질 수 있습니다.

# 느림의 가르침

요즘처럼 치열한 경쟁 사회에서
느리게 간다는 것은 결코 칭찬할 것이 못됩니다.

남들보다 더 빨리 더 멀리 가야만
겨우 살아남을 수 있는 변화무쌍한 시대에
사람들은 왜 느림을 찾는 것일까요?

인생은 빠르게 달리는 단거리 경주가 아니라
긴 호흡으로 가야 하는 장거리 레이스입니다.

빠르게 가다보면 놓치는 게 너무 많고
사물의 본질과 현상을 음미할 수가 없습니다.

천천히 느리게 걸으면서 호흡을 관(觀)하는 동안
고통은 사라지고 마음의 평화를 얻고
치유의 시간을 가질 수 있습니다.

느림의 가르침 속에는
의식의 자유로운 깨어남이 있습니다.

자기 자신은 물론 주위를 돌아볼 겨를도 없이
앞만 보고 질주하는 사람들에게
느림은 고요와 침묵으로 내면을 들여다보라고 가르칩니다.

빠르게 가다보면 이리저리 부딪히고 넘어져
다시 돌아가는 경우가 생깁니다.

천천히 가는 것을 두려워하지 마세요.

# 나이듦에 대하여

계절에 봄 여름 가을 겨울이 있듯이
우리 인생에도 사계절이 있습니다.
계절이 자연의 순리 따라 저마다 제 빛깔과 향기로 노래하듯
우리네 인생도 계절 따라 고유한 아름다움을 지니고 있습니다.

우리가 나이를 먹고 늙어간다는 것은
자연의 순환법칙에 비추어 보면
인생의 겨울이 찾아왔음을 의미합니다.
그렇다고 모든 삶이 멈춘 것은 아닙니다.
그 나름의 아름다움을 지니고 겨울 꽃을 피울 수 있습니다.

대부분의 사람들은 나이가 들수록 더욱 강직해지고
고집불통으로 굳어지는 것 같습니다.

110

나이가 들었다고 대접받기만을 바라고
작은 속상함에도 화가 북받치게 됩니다.


나이듦이란 인생의 연륜과 체험으로 가득해
삶이 유연해지고 부드러워지며
진정 자신의 삶을
가꿀 수 있는 시기가 찾아온 것을 의미합니다.


누구에게나 나이가 들면 늙음이 찾아옵니다.
그것 또한 자연스러운 자연의 이치입니다.
나이듦이 서럽지 않으려면 경직된 마음을 버리고
흔들리지 않는 마음의 여유와
열정이 식지 않도록 애쓰는 노력이 필요할 것입니다.


생각이 바뀌면 인생이 달라집니다.
현실에 안주하지 말고 더욱 정진하세요.

# 행복의 파랑새

삶은 거대한 파도와 같습니다.
날마다 풍랑을 일으키며 우리를 이리저리 몰고 다닙니다.

때로는 세상의 칭찬과 비난에 연연해하며
때로는 이익을 쫓아 모였다 흩어지기도 하면서
삶의 중심이 송두리째 뽑히기도 합니다.

이러한 쉼 없는 흐름 속에서
사람들은 저마다의 색깔로 노래하며
행복을 가져다주는 파랑새를 찾습니다.

우리가 찾는 파랑새는 어디에 있는 걸까요?

2007. 04
KIM YOUNG SIC

2010.  오병욱

우리가 원하는 행복의 파랑새는
금전적인 풍요함이나 욕망의 추구에 있는 것이 아닙니다.

행복을 쫓는 이상 행복을 가질 수 없습니다.
행복은 쫓는 것이 아니라 발견하는 것이기 때문입니다.


비록 거센 파도가 몰아친다 해도
자신이 가꾸고 깃들여야 할 터전에서
자족(自足)하고 평온한 마음의 안정을 얻을 때
행복의 파랑새는 저절로 날아들 것입니다.

# 깨달음이 있는 이야기 ②

장자의 딸 비사카는 보시를 매우 잘하는 여인이었습니다.

그녀는 정기적으로 보시를 실천하며

사원에 있는 수행자를 후원했습니다.

어느 날 그녀는 값비싼 보석과 장신구로 치장하고

부처님을 뵈러 갔습니다.

가는 도중에 가만히 생각하니 자신의 차림새가

아무래도 어울리지 않을 것 같아 패물을 모두 떼어

같이 가던 하녀에게 잘 보관하라고 이르며 맡겼습니다.

비사카는 부처님의 설법을 듣고 집에 돌아와서 패물을 찾으니

하녀가 패물들을 모두 사원에 두고 왔음을 알게 되었습니다.


한편, 사원에서는 부처님의 제자인 아난다가

그 패물 보따리를 발견하고 비사카가 찾으러 올 때까지

2009

안전하게 보관하여 챙겨 두었습니다.
비사카는 하녀의 이야기를 듣고 이 기회에 그 모든 패물을
승가(僧家)에 보시하기로 결심했습니다.
처음에는 패물을 그대로 승가에 보시하기로 했으나
승가에서는 패물이 필요 없는 물건인지라 패물을 팔아서
돈으로 바꿔 스님들에게 적당한 것을 사드리기로 했습니다.
그러나 그 비싼 보석들을 살 사람이 아무도 없었습니다.
비사카는 자신이 그 모든 패물을 다시 사서
그 돈으로 스님들을 위해 쓰기로 했습니다.

부처님께서는 비사카의 행위를 몹시 기뻐하며
그녀에게 그 돈으로 절을 지으라고 말씀하셨습니다.
부처님께서는 비사카가 지은 사원에서
여섯 차례의 우기(雨期)를 보내셨습니다.

비사카는 하녀를 벌하는 대신 보시의 기회를
얻었다고 생각하고 복 짓는 일로 바꾼 것입니다.
지혜로운 자만이 복 지을 기회를 놓치지 않습니다.

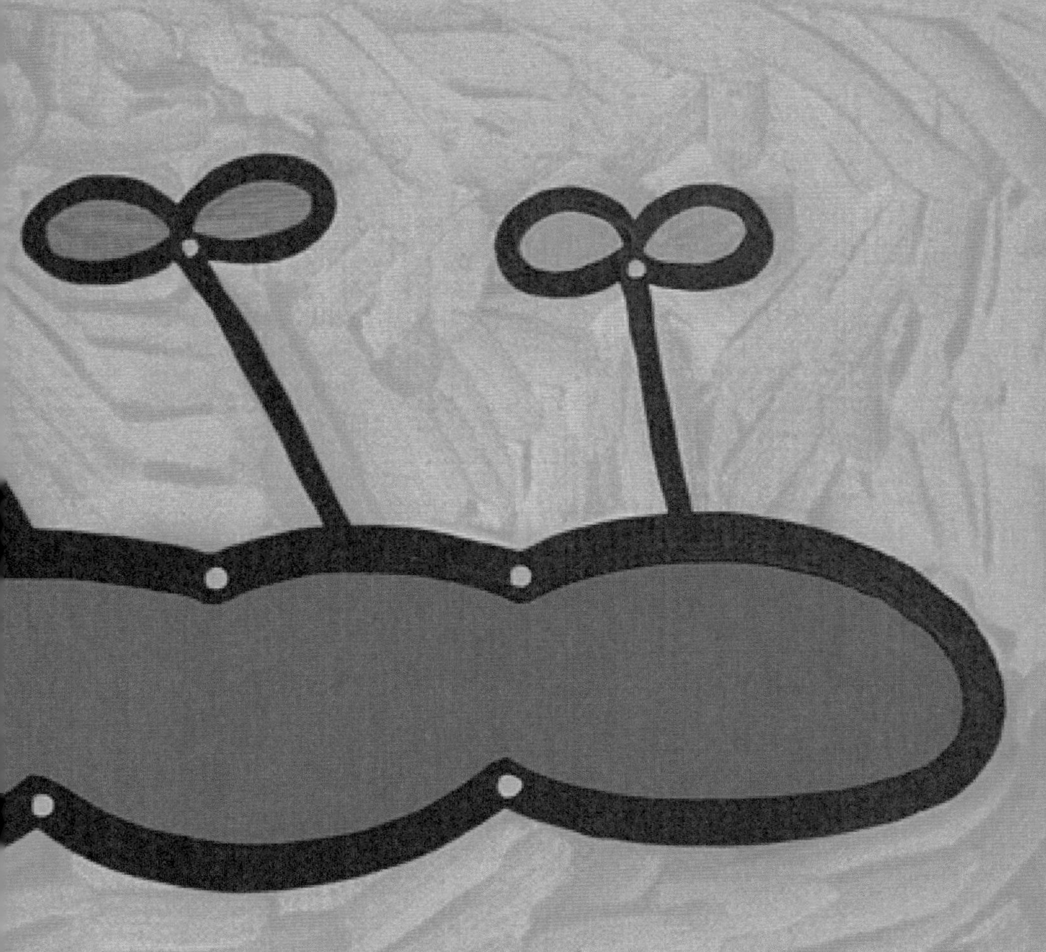

2007. 0숙
KIM YOUNG SIC

# 3장
## 사랑이라는 이름으로

# 사랑이라는 이름으로

사랑에 대한 정의를 쉽게 내릴 수는 없지만
사랑이라는 이름은 고귀하고 아름답습니다.
사랑이라는 이름은
무한한 생명력을 가지고 살아 숨 쉬고 있습니다.

사랑이라는 이름을 왜곡되게 하는 경우도 적지 않습니다.
사랑이라는 이름으로 서로를 구속하고
사랑이라는 이름으로 갈등을 겪고 집착합니다.

사랑은 질식시키고 붙들어 매어 놓는 게 아니라
자유와 배려, 관심과 보살핌으로 우리의 몸과 마음을
건강하고 무럭무럭 자라게 하는 영양분입니다.

2009.    OK

2010. 04h

사랑은 너무 가까이 있지도 않고
그렇다고 너무 멀리 떨어져 있지도 않은
신선한 공기가 항상 소통되는
그런 시간과 공간 안에 있습니다.

사랑은 각자의 시간과 공간의 자유 속에서
서로 다름을 인정하는 것입니다.

사랑은 둘이서 하나 되는 것이 아니라
하나가 또 다른 하나의 존재를 인식하고
서로 반려로서 교감을 느끼는 것입니다.

제 나름의 모양과 색깔이 다른
생명의 꽃을 피워 조화로운 향기를 발할 때
비로소 사랑은 완성됩니다.

# 긍정의 마음

누구나 살아가면서
신념으로 삼는 것이 여러 가지가 있습니다.
어떤 사람은 인간적 의리를 신념으로 삼을 것이고
어떤 사람은 종교적 믿음을 신념으로 삼을 것입니다.

그 많은 신념들 가운데 하나를 꼽으라면
단연 긍정의 마음이라고 말하고 싶습니다.

긍정의 마음이 살아가는데 큰 힘이 된다는 것을
많은 사람들이 공감하지만
그것을 신념으로 받아들이는 데는 인색한 것 같습니다.

긍정의 마음이야말로
살아가는데 있어서 확실하게 도움이 되는
보증수표와 같은 것입니다.

유태인 학살로 유명한 아우슈비츠 수용소에서도
매일 세수하며 머리를 감고 면도한 사람들은
살아남았다고 합니다.
언제 죽을지 모르는 절박한 상황에서도
긍정의 마음으로 하루하루를 보낸 사람들은
기적처럼 살아났습니다.

긍정의 마음은 생명을 살리는 신비한 힘을 갖고 있습니다.

생이란 구름 한 점 일어남이요
죽음이란 구름 한 점 흩어짐이니
있거나 없거나 즐거이 살겠다는 긍정의 마음이
바로 자신을 살찌우는 귀한 양식이 될 수 있습니다.

긍정의 마음은 우리가 믿는 대로 생각하는 대로
이루어지게 해 주는 마술램프 같은 것이니까요.

# 일상의 틀에서 벗어나기

살아가노라면 자신도 모르게
매일 반복되는 일상의 틀 속에 갇히곤 합니다.

똑같은 일상을 되풀이하다 보면
삶의 리듬은 긴장감을 잃고 방황하며
일에 대한 흥미도 상실하기 쉽습니다.

시들지 않고 싱싱한 삶을 꾸려가기 위해서는
매 순간을 자연과 교감하며 매일 만나는 똑같은 일상일지라도
능동적으로 생생하게 받아들이는 습관이 필요합니다.

자연과의 교감은 우리에게 많은 이로움을 가져다 줍니다.
과다한 경쟁이나 이해 관계를 풀어주고

무거웠던 마음, 성급했던 들뜸을 차분하게 가라앉혀
신선한 기운을 불어넣어 줍니다.

자연에서 얻은 기운은 아름다운 감성과 의욕을 북돋우어
메말랐던 마음을 부드럽고 관대하게 하여
신선하지 않고 창의적이지 못한 일상에 여유를 가져다 줍니다.

일상의 습관과 타성에 젖지 않으려면
일상의 작은 일 하나라도 반짝이는 눈으로 보고
쫑긋한 귀로 들으며 사물과 인간을

순수한 마음으로 교감하는 시간이 필요합니다.

하얀 도화지 위에 마음 가는 대로 붓 가는 대로 그림을 그리듯
마음껏 의식을 펼쳐나가는 내면의 공간이 있어야 합니다.

더 빨리 더 많이 더 높이 하려는 조바심도 버리고
잘 하려는 욕심도 내려놓고
한 획 한 점을 정성껏 그린다는 마음만 있다면
아무렇지 않아 보이는 삶도 매 순간 응축되어
소중하고 아름답게 꽃필 것입니다.

# 항상 현재로

삶이란 끊임없는 현재인데
우리는 자꾸만 과거에 머무는 습관이 있습니다.
순간순간 현재로 살아가지 않고
과거에 연연하는 삶은 인생을 역행하는 일입니다.

과거는 이미 지나간 시간이요
지워야하는 그림입니다.
칠판에 가득 그려 놓은 어제라는 그림들을 깨끗이 지워야만
오늘의 새 그림을 그릴 수 있습니다.

몸은 현재에 살고 있으면서 과거의 그림자를 잡으려고
안간힘을 쓰는 것은 정말 부질없는 짓입니다.

과거라는 고정관념과 지식의 팽창으로
고집불통의 벽이 자꾸 쌓이기만 한다면
온전하게 오늘을 살지 못할 뿐만 아니라
미래를 여는 데도 큰 방해가 될 것입니다.

과거에 집착하는 어리석음을 깨끗이 지워버리고 싶다면
항상 현재로 살아가는 바다에서 배워야합니다.

바다는 모든 것을 받아들이지만 늘 새것으로 만들어냅니다.
더러운 오물일지라도 한 순간의 찌꺼기도 남겨 두지 않고
쉴 새 없이 새롭게 정화시켜 버립니다.

과거는 과거로서 남김없이 활활 태워버리고
항상 현재로 새롭게 싹을 돋게 하는 거름이 되도록 해야 합니다.

과거에 대한 관념이 사라지고
언제나 '지금'인 상태
항상 바로 '오늘'로 살아가는 삶이야말로
텅 빈 충만을 누릴 수 있습니다.

# 목표를 이루기 위해

'수적천석(水滴穿石)'이란 말이 있습니다.
물방울이 계속 한 곳에 떨어지면 돌도 뚫는다는 뜻입니다.

비록 작고 하찮은 일이라도 그 일이 의미 있는 것이라면
시간이 지날수록 내공이 쌓여 돌도 뚫을 수 있을 만큼
큰 힘을 발휘할 수 있게 된다는 것을
은유적으로 나타낸 말이기도 합니다.

우리는 무슨 일을 함에 있어서 어려움에 부딪히게 되면
쉽게 포기해버리고 맙니다.
당장 무엇을 이루어 가지려고 하는 조급한 마음 때문에
뜻한 바를 얻지 못하는 경우가 허다합니다.

2010

옛 어른들은 어려운 일을 해내는 것을
'뚫는다'는 표현을 쓰곤 했습니다.
공부도, 취직도, 결혼도 뚫는 일로 보았던 것입니다.

'뚫는다'는 것은 결국 목표를 이룬다는 말입니다.
결국 하나를 뚫으면 그 힘으로
다른 것들도 저절로 뚫어지게 되는 것입니다.

우리가 기필코 뚫어서 목표를 이루려면 어떻게 해야 할까요?
매일 조금씩 꾸준하게 멈추지 않는 끈기와 인내가 필요할 것입니다.

지금 당장이 아니라 미래에 꽃피울 수 있는
그 무엇을 향해 지금부터 첫 발을 힘차게 내디녀 보세요.

 # 기회는 용기 있는 자에게

불교에서는 시간을 '무상살귀(無常殺鬼)'라고 표현합니다.
시간이란 무상을 잡아먹는 귀신이라는 말이지요.
세월의 덧없음을 의미하는 뜻이지만
이 말 속에는 많은 가르침을 담고 있습니다.

시간은 누구에게나 공평하게 주어집니다.
부자라고 해서 돈을 주고 살 수 있는 것도 아니고
가난하다고 해서 시간을 다 빼앗기지는 않습니다.

공평하게 똑같이 주어지는 시간이라는 개념을
어떻게 받아들이고 무엇을 해야 할까요?

시간을 떼어놓고 보면 한 찰나에 불과합니다.

찰나 찰나들이 모여서 긴 시간이 됩니다.

한 찰나에는 영원이란 개념이 들어 있습니다.
그래서 찰나를 놓치면 영원을 잃게 됩니다.

값진 시간이 되기 위해서는
우선 좋은 인연을 만날 수 있도록 기도하고
좋은 인연으로 인해
반드시 좋은 기회가 주어진다는 신념으로
시간을 낭비하지 말고 용기 있게 사용해야 합니다.

시간과 기회는
바늘과 실처럼 함께 있을 때 빛을 발합니다.

오늘 나에게 기회가 주어졌는지 예의주시하고
기회가 왔다고 판단될 때 용기 있게 실행에 옮겨야 합니다.
기회는 다시 오지 않으니까요.

# 아름답게 미치기

세상 돌아가는 일들을 가만히 보고 있노라면
정말 미친 짓을 하고 있는 사람들을 어렵지 않게 만날 수 있습니다.

돈에 미치고, 권력에 미치고
명예에 미치고, 욕심에 미쳐나갑니다.
온통 미치게 만드는 것 뿐인 듯한 세상입니다.

이렇게 추하게 미치는 경우가 아니라
아름답게 미치는 일은 정말 고귀하고 값진 인생이 됩니다.

세상의 온갖 시선을 뒤로한 채
자신의 일에 무아지경이 될 때까지 미쳐본 사람은
분명 성공한 삶을 즐기는 사람입니다.

2009.
0?

역사적으로 위대한 예술가들은
자신이 처한 환경이나 타인의 비판에도 아랑곳하지 않고
아름답게 미친 삶을 영위한 사람들입니다.
미친듯이 자신의 일에 최선을 다하는 사람에게
후회란 정말 사치스러운 말입니다.

인생에서 성공하려면 적어도
자기가 하는 일에 대해
미쳤다는 말을 들어야 합니다.
그래야 달인이 될 수 있고 장인이 될 수 있습니다.

지금 하고 있는 일에 더 적극적으로
꾸준하게 열정적으로 몰입하면
우리가 상상하지 못한 미래의 문이 열릴 것입니다.

지금 하고 있는 일에 아름답게 미쳐 보세요.

# 관계 맺기

세상 일이 혼자 힘으로 다 될 것 같지만
세상에 살면서 혼자서 할 수 있는 건 아무것도 없습니다.
인드라의 그물망처럼 얽혀 있는 게 우리네 인생입니다.

어느 사회에 있든 우리는 관계를 맺고 살아갑니다.
세상 모든 문제도 관계 안에서 이루어집니다.

좋은 관계는 우리를 행복하게 해 주고
좋지 않은 관계는 우리를 불편하게 하며
때로는 갈등의 원인이 되기도 합니다.

관계 맺기에 있어서 가장 중요한 게 무엇일까요?
서로에 대한 배려심과 진실한 마음입니다.

2009.

배려심은 상대에 대한 관계를 더욱 돈독하게 해 주고
지속적으로 이어주는 역할을 합니다.
진실함은 서로에 대한 신뢰를 갖게 하여
깊은 관계로 이끌어줍니다.

마음을 열고 좋은 관계를 맺고 있는
가족과 친구가 있다는 것은
우리를 행복하게 하는 조건이 됩니다.


좋은 관계는 변함없이 사랑한다는 것을 의미합니다.
자신을 사랑하듯 상대를 사랑하는 마음이야말로
진실된 관계 맺기의 최상의 방법입니다.

# 직업의 기준

많은 젊은이들이 직업을 구하는데 어려움을 겪고 있습니다.
원인은 여러 가지가 있겠지만
우선 자신의 적성이 무엇인지 알지 못하기 때문이겠지요.

직업을 가지는 데는 몇 가지 기준이 있습니다.

첫째, 자기가 좋아하는 것을 찾아야 합니다.
둘째, 남들도 잘한다고 인정하는 것을 찾아야 합니다.
셋째, 자신의 가치를 높일 수 있는 것을 찾아야 합니다.
넷째, 그 일이 세상에 보탬이 되는 것을 찾아야 합니다.

2010
04

이상적으로 들릴지는 모르겠지만

이런 최소한의 기준에 맞추어 직업을 찾으면

별 흔들림 없이 오랫동안 자신의 일을 꾸려갈 수 있습니다.

대부분의 사람들은
자신의 성향은 전혀 고려하지 않고
돈 되는 직업, 겉으로 보기에 화려한 직업
안정적인 직업 등을 선호합니다.

이러다 보면 자꾸 이리저리 직업을 바꾸어 방황하다가
결국 자신의 정체성마저 잃게 되는 경우도 종종 있습니다.

젊은 시절은 감정이 말랑말랑한 때입니다.
모든 것이 경이롭고 호기심이 가득해
무엇이든 받아들일 준비가 되어 있는 유연한 시기입니다.

이 시기에 열정적으로 많은 것을 경험하고 받아들여
몸과 마음을 살찌우는 좋은 자양분을 가득 입력시켜야
결과로서 자신이 원하는 좋은 직업을 가질 수 있습니다.

# 감성과 열정 사이

인도에서는 인간의 삶을 네 단계로
세심하게 구분하여 살아가라고 가르치고 있습니다.

첫 번째 기간 동안에는 공부를 하고
두 번째 시기에서 삶을 경험하고
세 번째 시기에는 자신의 경험을 자식에게 다 가르친 후
숲을 향해 떠날 준비를 하고
네 번째 시기에는 세상 인연을 초월하고
수행으로 접어드는 단계입니다.

어느 것 하나 중요하지 않은 시기가 없지만
공부를 하고 경험을 축적하는 젊은 시기에는
감성과 열정이 필요합니다.

젊은 시절에는
외부로부터 무엇이든 긍정적으로 받아들일 수 있는
수동적 감성의 문이 열려 있어야 합니다.

젊은 시절에는
목표를 세우고 꿈을 향해 도전하고 모험하는
능동적 열정의 에너지가 있어야 합니다.

사람의 일생을 하루에 비유한다면
인생의 한낮은 그리 길지 않습니다.

새벽에 일어나 준비를 마쳐야
해가 중천에 떠 있을 때 그 시기를 놓치지 않고
마음 밭에 씨 뿌리고 김 매고 물을 주어
열매 맺을 수 있습니다.

그래야 인생의 황혼기에
모든 욕망으로부터 벗어나
자신의 본래 자리를 돌아볼 수 있는 기회를 얻을 수 있습니다.

#  운명의 지배자

성공한 많은 사람들의 공통된 특징은
바로 스스로가 운명의 지배자가 되는 것입니다.

실패한 사람들의 대부분은 운명에 굴복하여
변명을 늘어놓고 남의 탓으로 돌리며
자신 앞에 놓인 현실을 피하려는 경향이 있습니다.

운명은 자신을 지배한다고 믿는 초인적인 힘을 말하지만
운명에 무조건 끌려갈 필요는 없습니다.

하늘은 스스로 돕는 자에게 문을 열어주듯
운명도 스스로 개척하고 도전하는 자에게
좋은 기운이 자석처럼 끌려옵니다.

사랑과 성공의 밝은 생각을 끊임없이 내뿜으면
설령 어려움에 처했을지라도
운명을 바꾸어 인생항로를 급선회할 수 있습니다.

자신의 운명은 그 누구도 대신해 줄 수 없습니다.
프로펠러가 계속 돌지 않으면 비행기가 추락하듯
운명의 행진도 끊임없이 적극적이고 좋은 생각으로 엔진을 돌려야
밝고 보람차게 전진할 수 있습니다.

# 미래를 디자인하라

우리 삶에 미래가 없다면
많은 사람들이 절망에 신음할 것입니다.

미래는 우리의 꿈이자 삶의 원동력입니다.
어떤 면에서는 매 순간이
미래를 여는 큰 발판이며 도약입니다.

미래를 잘 디자인하기 위해서는
인생의 지휘자가 되어
전체를 보는 넓은 안목을 가져야합니다.

음악에 있어서 지휘자는 조화를 이루는 전문가입니다.
각기 다른 특성을 가진 악기들을

2011
O4

하나의 선율로 만들어내는 것이 지휘자의 역할입니다.


삶의 다양한 상황과 현실을
잘 조화시키는 능력을 기를 때
미래의 꿈은 보다 가까이 실현될 수 있습니다.


미래는 도전하는 자의 것입니다.
젊었을 때 많은 경험을 하고
세상을 공감하는 열린 마음과 감각으로
자신의 인생을 디자인할 수 있어야
미래지향적인 삶을 펼칠 수 있습니다.


닥치는 대로 살아가는 인생이 아니라
미래를 설계하고 디자인하며 살아가는 사람은
마음의 안정과 풍요를 얻을 수 있습니다.

# 깨달음이 있는 이야기 ③

부처님 당시에 난다라고 하는 어린 스님이 있었습니다.
그는 주위가 산만하고 천방지축이었습니다.
어느 날 난다는 자기가 가지고 있는 가사를
깨달은 스승께 드리려고 마음 먹었습니다.

'정신적으로 높은 경지에 이른 스승께 보시를 하면
큰 복을 받을 것이다.
나는 이 성스러운 행위로 반드시 곧 깨닫게 될 것이다'

난다는 이런 이기적 욕망과 집착으로 스승께 보시하려 했습니다.
다음 날 난다는 스승이 거처에서 떠날 때를 기다렸다가
안 계신 동안 방을 깨끗이 치우고
마실 물과 씻을 물을 가져왔습니다.

그런 다음 앉을 방석과 꽃을 마련하고 선물인 가사를 가지고 와서
스승이 오기를 기다렸습니다.
이윽고 스승이 돌아오는 것을 본 난다는 빨리 밖으로 나가
공손하게 인사를 하고 방으로 모셨습니다.
잘 정돈된 방을 본 스승은 어린 제자의 부지런하고 친절한 행동에
기뻐하셨습니다.
난다는 준비된 방석으로 스승을 모신 다음 마실 물을 드리고
발을 씻겨 드렸습니다.
그런 다음 커다란 야자나무 잎을 가져와
스승께 부채질을 하기 시작했습니다.
그리고 자신이 가진 것 중에 가장 소중한 선물을 꺼내어
스승께 드렸습니다.
선물을 준다는 생각에만 집착하고 있는 난다의 속 마음을
알아챈 스승은 제자를 깨닫게 해 줄 수 있는 좋은 기회다 싶어
이렇게 말씀하셨습니다.


"나는 가사가 있어서 더 필요하지 않으니
다른 필요한 사람에게 주는 게 좋겠구나."

스승의 정중한 거절의 말씀에 난다는 몹시 마음이 상해서
화가 치밀었습니다.
난다는 어두운 마음을 품은 채 계속 부채질을 하면서
선물 사건에서 빠져나오지 못하고 생각의 꼬리를 이어갔습니다.


'스승께서 내 선물을 받아주지 않는데
내가 제자로 남아 있을 이유가 있을까?
나는 다시 세속으로 나가야겠다.
내가 세속에 다시 나가면 어떻게 돈을 벌까?
먼저 이 가사를 팔아 염소 한 마리를 사야지.
그러면 그 염소는 새끼를 낳을 테고
그 새끼를 팔아서 돈을 벌고 수입이 생기면
나는 아내를 맞이하여 아들을 얻을 거야.
장차 나는 아내와 아들을 데리고
스승께 되돌아와서 인사를 드려야지.
길을 떠나면서 나는 아내에게 큰 소리로,
아이는 내가 안고 가겠다고 소리치겠지.
그러면 아내는, 왜 당신이 아이를 안으려 해요.
수레나 미세요 하고 대꾸할거야.

그렇게 실랑이를 벌이다 그만 아이는 마차 밑으로 굴러떨어져
바퀴에 치여 죽고 말리라.
나는 다시 아내에게, 당신이 나를 파멸시켰다고 말하면서
그녀의 머리를 내리칠 거야.'

난다는 생각이 여기까지 이르며 마음을 빼앗기자 자기도 모르게
야자수 잎 부채로 스승의 머리를 내리쳤습니다.
그 순간 난다는 자신의 잘못을 깨달았습니다.

난다의 모든 생각들을 알아챈 스승은
난다에게 가까이 와서 앉으라고 하셨습니다.
난다는 조금 전까지만 해도 그렇게 신나게 쓸었던 방에
눈을 떨구고 앉았습니다.
스승은 조용하면서도 간절하게 말씀하셨습니다.

"난다야, 너에게 일어나는 번뇌의 물결이
어떤 결과를 가져오는지 알겠느냐?
이리저리 방황한 마음 때문에
공연한 괴로움에 휩싸인다는 걸 알아차렸느냐?

너의 선물은 대가를 바라는 마음이 있었기에

너의 요구가 받아들여지지 않으니

화가 나고 분노가 치밀어 올랐던 거야.

불건전한 정신 상태는 마음을 약하게 한단다.

또한 이기적 욕심에 약해진 네 마음이 집착에 사로잡히게 되어

실망과 분노, 미혹으로 치닫게 되고

결국에는 너를 불행하게 만든단다.

난다야, 끊임없이 노력해서 주의력을 기르도록 하여라.

매순간 주의깊게 마음을 관찰하지 않으면

잇따라 괴로움에 빠지게 된단다.

마음 속에 있는 끊임없는 욕망이나 고통스러운 매달림을

자세히 관찰하는 사람은 더 이상 괴로움을 받지 않게 될 것이야.”


난다는 스승의 가르침을 듣고
자신의 마음을 관찰하는 일에 매진함으로써
마침내 깨달음에 이르게 되었습니다.


마음은 한 순간도 가만히 있지 않습니다.
마음을 놓치는 순간 번뇌는 그 틈을 타고 들어와

이리저리 흔들어 놓습니다.
마음을 잘 관찰하는 일만이
자신을 바로 세울 수 있습니다.

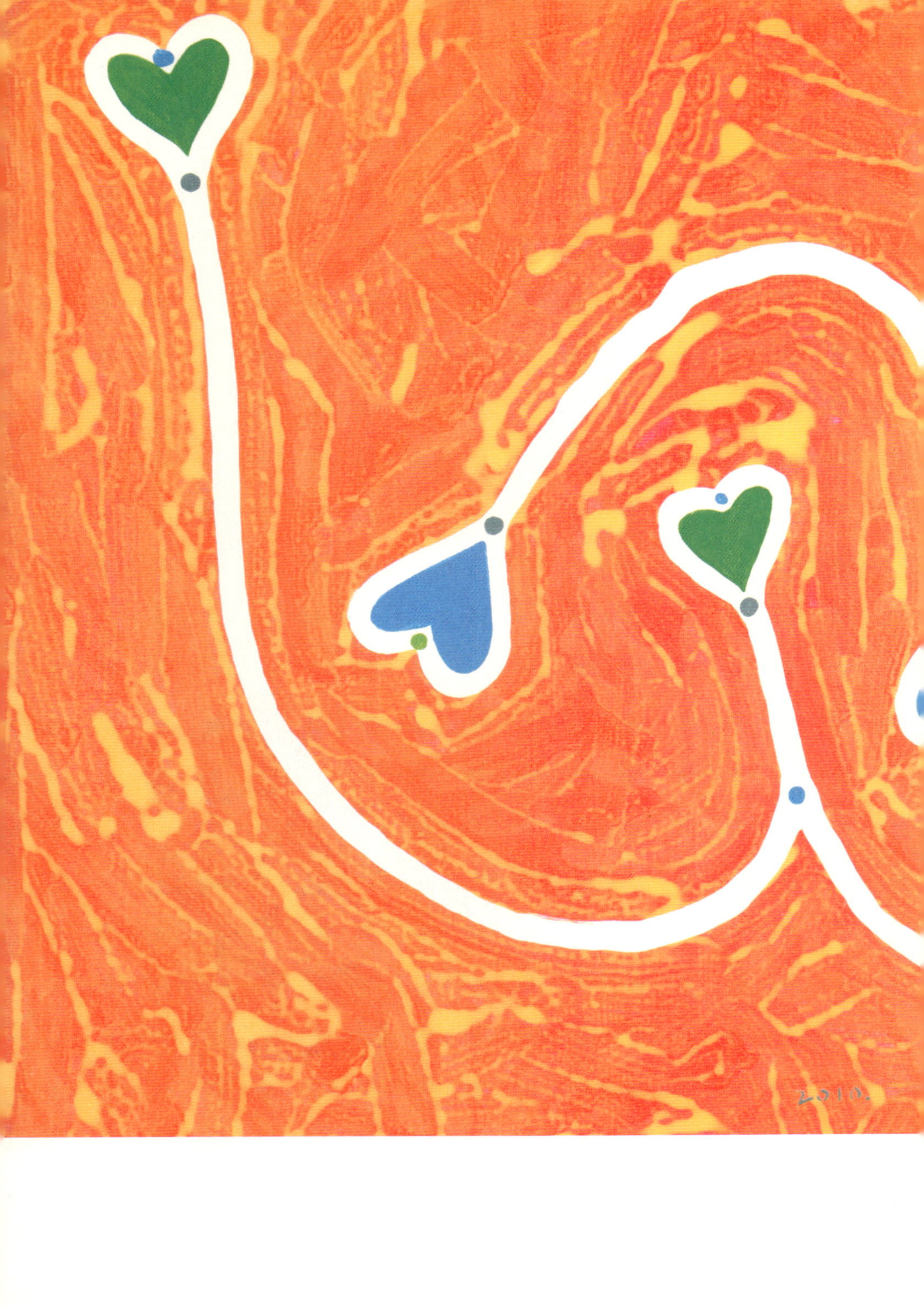

# 4장
## 수행의 의미

# 수행의 의미

세상에 수행보다 더 쉬운 일은 없습니다.
언제 어느 곳에서나 마음만 먹으면 할 수 있으니까요.

세상에 수행보다 더 가치 있는 일은 없습니다.
마음의 평정과 자유를 통해
자신의 무거운 짐을 내려놓을 수 있으니까요.

세상에 수행보다 더 즐거운 일은 없습니다.
마음을 잘 다스릴 수 있어 괴로움이 사라지니까요.

수행을 하면 참된 지혜를 얻을 수 있고
참된 지혜는 삶의 향상과 발전을 가져다줍니다.

수행을 통해 얻을 수 있는 이익은
셀 수 없이 많은데
그 가운데서 가장 중요한 것은
스스로를 구원할 수 있다는 사실입니다.

매 순간 망아지처럼
이리저리 날뛰는 감정에 지배당하지 말고
끊임없는 수행으로 스스로의 마음을 지배하는
최상의 승자(勝者)가 되어야 합니다.

# 세상에 감사할 일들

우리 앞에 행복과 불행의 두 갈래 길이 있다면
누구나 행복의 길을 선택할 것입니다.

행복의 길로 들어가기 위한 첫 번째 조건은
바로 감사하는 마음을 가지는 일입니다.

현재 자신이 처한 상황이 비록 어렵다 할지라도
조금만 눈을 돌려 둘러보면
세상에는 감사할 일투성이입니다.

아름다운 자연을 감상할 수 있는 빛나는 눈과
꼿꼿한 허리로 걸을 수 있는 튼튼한 두 다리와
시끄러운 소리를 걸러내는 총명한 귀와

2010. 이기

역한 냄새를 멀리할 수 있는 담담한 코를 가진 것은
참 감사할 일입니다.


온유한 마음으로 이웃을 대하고
매사를 흥분하지 않고 차분하게 관조할 수 있고
사랑을 나눌 가족이 있다는 것은
참 감사할 일입니다.


도란도란 이야기를 나눌 친구가 있고
분수에 맞는 일을 가지며
정신을 살찌울 수 있는 수행 정진의 시간을 가질 수 있음은
정말 감사할 일입니다.


감사할 일이 많아질수록
행복의 샘에는 맑고 신선한 물로 가득 채워집니다.

# 행복한 사람

인간은 누구나 행복해지기를 원합니다.
그런데 행복은 원한다고 찾아오는 것은 아닙니다.

우리는 행복을 머리로만 받아들이려 합니다.
행복은 그런 관념적인 것이 아니라
몸소 행동으로 옮길 때 얻어지는 것입니다.

행동으로 보여 주는 사람은 행복하고
말만 앞세우는 사람은 결코 행복을 얻을 수 없습니다.

비록 아는 것이 적어도 세상을 맑히는 일에
앞장서서 행동하는 사람은 행복하고
지식이 많아도 실천하지 못하는 사람은 행복을 맛볼 수 없습니다.

지식인보다 지성인이 되어야 하는 이유도 거기에 있습니다.
아는 것을 행하는 게 바로 행복의 시작입니다.

언제나 가슴을 펴고 당당하게 걷는 사람은
행복을 추구하는 사람이고
고개를 푹 떨구고 한숨만 쉬는 사람은
행복과 거리를 두는 사람입니다.

화려하게 얼굴만 화장하는 사람보다
마음을 아름답게 화장하는 사람은
분명 행복이 무엇인지 아는 사람입니다.

행복한 사람들은 어떤 역경이 닥쳐와도
자신이 행복해야 될 이유에 초점을 맞춥니다.

성공하는 것도 마찬가지지만 행복에도 조건이 있습니다.
행복해지기를 바란다면 행복의 조건에 귀 기울여 보세요.

 # 후회의 그물

후회는 우리를 옭아매는 그물입니다.
사람들은 가끔 후회의 그물에 걸려 스스로의
발목을 묶어버리곤 합니다.
자신이 경험한 많은 일들이
후회 투성이라고 말하는 사람도 있습니다.
이런 자포자기의 심정은 앞 길을 가로막는 커다란 장애입니다.

사람들이 살아가면서 하는 후회에는
두 가지 종류가 있다고 합니다.
지나간 일에 대한 후회와
아직 오지 않은 것에 대한 걱정 같은 후회입니다.

어떤 후회가 더 나쁠까요?

둘 다 후회하기는 마찬가지입니다.

후회의 감정 밑바탕에는 두려움이 존재합니다.

만약 잘못되면 어쩌나 하는 두려움 때문에

어떤 일이든 선뜻 용기 있게 도전하지 못해 생겨난 결과물이

바로 후회하는 마음입니다.

이미 벌어졌던 어떤 일에 대한 후회나
앞으로 일어날 어떤 일에 대해서 미리 후회하는 것은
용기 없는 자의 넋두리에 불과합니다.

과거 일로 후회하면서
성스러운 현재의 자리를 내줘서도 안 되고
미래 일로 후회하면서
중요한 현재의 시간을 갉아먹어서도 안 됩니다.

후회는 깊게 하면 할수록
자꾸만 우리의 삶을 엉키게 만들어버립니다.

후회를 극복하는 길은
후회하기보다 자신이 걸린 그물의 실타래를
한 올 한 올 풀 수 있는 용기를 갖는 일이랍니다.

# 타인의 시선으로 바라보기

위기를 기회로 삼는다는 말이 있습니다.
현실적 위기를 역발상으로 뒤집어서 기회로 바꾸면
위기는 자연스럽게 극복된다는 의미일 것입니다.

자신이 처한 현실 상황이 안 좋을 때가
오히려 마음공부하기에 가장 좋은 때입니다.

우리는 살아가면서 힘든 일에 직면하게 되면
눈 앞에 닥친 현실에만 근시안적 시각으로 바라보게 됩니다.

조금만 한 발짝 뒤로 물러서서 객관적 시선으로
잠시 눈을 돌려보면 의외로 쉽게
문제 해결의 실마리를 찾을 수 있습니다.

문제가 생겼다는 말은
곧 해결의 열쇠가 있다는 말입니다.
그런데도 불구하고 바로 앞의 경계에 집착하여
시야를 흐리게 하는 어리석음을 범하게 됩니다.


지금 자신이 겪는 어려움이나
고통에서 벗어나기 위해서는
그 경계에 현혹되지 말고 상황을 받아들여
한번쯤 타인의 시선으로 바라보는 시도가 필요합니다.


인생에는 순경계(順境界)와 역경계(逆境界)가 동시에 있습니다.
순경계만 있기를 바라는 것은 참으로 어리석은 마음입니다.


역경계를 극복하는 데서 살아가는 힘이 쌓이고
그 내공의 힘은 아무도 무너뜨릴 수 없답니다.

# 진리의 거울

오늘 하루
자신이 어느 상황에 가장 많이 노출되어 있는지
점검해 본 적이 있나요?

대부분의 사람들은
자신의 일터에서 평범하게 일하면서 시간을 보내고
그 나머지는 먹고 마시는 일이나
사람들을 만나고 대화하면서 많은 시간을 보낼 것입니다.

일상적인 삶을 더욱 윤택하고 여유롭게 하려면
잠시 잠깐이라도
자신을 바로 보기 위한 시간을 가져야만 합니다.

진리의 거울에 자신을 바로 세워 비춰보는 일은
언제 어디서나 할 수 있는 것 중에서
가장 쉬운 일이기도 합니다.

진리의 거울은 어느 한 쪽으로 쏠리거나
변덕스럽고 간사한 감정의 흔들림을 바로잡아줍니다.

진리의 거울은 삐뚤어지고 잘못된 면들을 바로잡아
몸과 말과 생각을 올바르게 바로 세워줍니다.

쓸모없는 일에 시간을 낭비하지 말고
진리의 거울에다 자신을 더 많이 노출시켜
몸과 마음을 바르게 하는 일을 일상으로 삼는다면
변화하는 자신을 발견하게 될 것입니다.

# 물처럼 바람처럼

삶이란 쉼 없는 에너지의 흐름입니다.
삶이란 에너지의 옮겨감이며 바뀌어감입니다.

이러한 에너지의 속성을 잘 알아차리면
자신이 원하는 보다 풍족한 인생을 만들 수 있습니다.

에너지는 자꾸만 흐르는데
의식은 집착에 머물며
부질없이 허공을 잡으려고 애쓰는 일은 어리석은 일입니다.

에너지가 운행하는 소리에 귀를 기울이고
마음을 맡겨 에너지의 흐름에 역행하지도 말며
그렇다고 너무 빨리 진행하지도 않으면서
물처럼 바람처럼 에너지의 흐름에 순행하는 사람은
자유와 행복을 누릴 수 있습니다.

우리를 스치며 지나가는 기쁨과 즐거움
분노와 미움의 감정들은
잠시 머물다 가는 물거품과도 같습니다.

만남과 헤어짐도 동전의 양면이며
생각이 일어났다 사라지는 것도 마음의 장난에 불과하고
인간의 생로병사도 긴 여정의 하나입니다.

어느 한 곳에 기울거나 주저앉지 말고
매사를 전체로 보는 안목을 길러
물처럼 바람처럼 걸림이 없는 삶을 살아야 합니다.

그러면 어느새 마음의 갈등은 가라앉고
망아지 같이 헐떡거리는 마음은
평정과 안온을 얻어
고요하고 맑은 에너지가 내면 깊숙이 흘러갈 것입니다.

# 자비심에서 오는 이로움

인간의 마음 씀에는 두 가지 종류가 있다고 합니다.
하나는 보통의 마음 씀이고
다른 하나는 진리를 향하는 차원 높은 마음 씀입니다.

흔히 모든 것이 마음먹기에 달렸다고 말하곤 합니다.
마음먹기에 따라 인생이 변할 수 있다는 의미일 것입니다.

대부분의 사람들은 보통의 마음만 사용하며
순간적으로 기뻐하고 흥분하거나
분노하고 증오심으로 스스로를 불안하게 합니다.

2008. 04

진리에 가까이 다가가는 마음의 첫 출발은
바로 자비심을 갖는 것입니다.
자비심은 우리 삶에 많은 이로움을 가져다줍니다.
자비심은 마음을 맑게 하고
자긍심을 높혀줍니다.

자신에 대한 사랑이 넘쳐
남도 사랑할 수 있게 되고
좋은 긍정적인 에너지를 더욱 자라나게 합니다.

자비심은 진리를 실현하는
최고의 마음가짐입니다.
마음 밭에 자비의 씨앗을 뿌려
자주 물을 주고 햇빛에 노출시켜야 합니다.
그러면 머지 않아 자비심은 꽃을 피울 것입니다.

그저 보통의 마음으로 인생을 살기보다는
진리를 추구하는 자비심을 가지려고 노력해야 합니다.
그것이 더욱 가치 있고 유익하니까요.

# 말의 힘

인간은 말에 의해 움직이는 동물입니다.
칭찬의 말을 들으면 기분이 좋아져 금방 우쭐해지다가도
비난의 말을 들으면 기분이 나빠져 분노하게 됩니다.

강력한 말 한 마디는 운명을 바꿀 수도 있고
사람을 죽게 만들 수도 있습니다.
말의 힘은 그 무엇보다 강합니다.
그래서 말로서 업을 짓는다고 하는 것입니다.

좋은 말은 참된 기도를 올리는 것과 같습니다.
칭찬의 말, 감사의 말, 사랑의 말, 축복의 말
밝은 말, 고운 말, 긍정의 말, 희망의 말 등
좋은 말을 할 때 그것은 바로 강력한 기도가 됩니다.

행복의 문을 열기 위해서는 열쇠가 필요합니다.
그 열쇠를 돌리는 힘은
바로 말의 힘에서 나옵니다.

행복의 꽃도 사랑의 말에서 피어나고
말 한마디 한마디가 마음에 영향을 끼칩니다.

말로 전달되는 마음의 울림은 서로 감응하여
집단적 파동이 되어
하나의 큰 현상세계를 이루기도 합니다.


언제나 남의 잘됨을
좋은 말, 밝은 말로 기뻐하고
칭찬하도록 하면
스스로도 발전하여 영화롭게 되는 것입니다.

# 친절한 마음


친절이란 깊고 절실한 사랑의 실천입니다.
일상에서 친절한 마음은 자비심과 가장 가까이 있습니다.


남에게 친절을 베푸는 일은
내 안에 있는 자비심을 이끌어내는 것과 같습니다.


친절을 실천하게 되면
타인의 즐거움을 함께 기뻐할 수 있고
스스로의 마음도 맑아집니다.


친절한 마음을 일으키면
남과의 관계를 원만하게 할 뿐만 아니라
자신에 대해서 좋은 느낌을 가질 수 있어

몸과 마음이 건강해집니다.

자신에 대한 사랑이 샘솟듯 솟아나고
모든 이웃이 행복해지기를 바라는
사랑과 연민은 친절한 마음에서 출발합니다.

친절한 마음은
나와 인연 맺은 모든 이들에게
애정을 나타내는 것을 의미합니다.

먼저 자신을 사랑하고
이웃에게 친절을 실천하는 마음을 생활화할 때
세상은 더욱 밝아질 것입니다.

# 행복할 권리

흔히 인간 삶의 궁극 목표는
행복에 있다고 말하곤 합니다.

행복은 관념적인 것으로는 얻을 수 없기에
행복을 얻기 위해서는 노력이 필요합니다.

행복은 그저 굴러오는 것이 아닙니다.
행복은 노력하여 얻어 누리는 자의 것입니다.


인간은 누구나 행복해질 권리가 있습니다.
행복이란 권리를 누리기 위해서는
노여움이나 두려움
마음의 불안이나 걱정거리들에서 벗어나야 합니다.

행복을 얻기 위해서는
먼저 자비심으로 모든 사물을 바라볼 수 있어야 합니다.
때때로 자신을 둘러싸고 있는
껍질을 깨부수는 고통을 이겨내야 합니다.

사물의 어두운 쪽보다는 밝은 면을 바라볼 수 있어야 하고
타인의 단점을 먼저 볼 게 아니라
장점만을 말할 수 있어야 합니다.

행복은 이러한 자비심을 지속적으로 실천할 때
비로소 안겨주는 선물 같은 것입니다.

# 마음을 내려놓다

하루 일과를 마치고 나면
천 근 만 근의 무게가 짓누르는 듯한 경험을 하게 됩니다.

전날 쌓였던 마음의 찌꺼기를 다 내려놓지 못한 상태에서
또 다시 하루의 짐들이 어깨 위에 쌓여만 갑니다.

마음의 짐은
우리의 발걸음을 자꾸 묶으려 합니다.

마음은 요술주머니처럼
넓게 가지면 커지고
좁게 가지면 바늘 하나 들여놓을 수 없을 정도로 작아집니다.

마음을 넓게 사용할 것인지
좁게 사용할 것인지는
마음의 청소를 어떻게 하느냐에 달려 있습니다.

마음에는 무게가 없습니다.
하루 동안 마음의 무게가 무거워졌다면
비우고 또 비워야 합니다.
쓸고 또 쓸어내야 합니다.

철새가 가볍게 날개짓을 하는 것처럼
마음을 내려놓고
언제라도 가볍게 떠날 수 있어야 합니다.
언제라도 새롭게 출발할 수 있어야 합니다.

# 깨달음이 있는 이야기 ④

아나타핀디카는 부처님의 제일가는 후원자로서
사아바티에 살고 있는 부유한 상인이었습니다.
그는 깨달음을 성취한 부처님에 관한 이야기를 듣고
몹시 뵙고 싶어 했습니다.
날이 밝기를 기다릴 틈도 없이 캄캄한 밤에 밀림을 헤치고
새벽 동이 트기 전에 부처님께서 계신 곳에 다다랐습니다.

부처님의 법문을 들은 그는 큰 감명을 받아
부처님께 제자들과 함께 우기(雨期) 동안
자신이 살고 있는 곳에서 머물기를 간청했습니다.

부처님께서 아나타핀디카의 청을 받아들이자
그는 곧바로 절을 짓기에 알맞은 장소를 물색하기 시작했습니다.

마침내 그가 찾아낸 곳은 사아바티의 왕자 제타가 소유하고 있는
장원(莊園)이었습니다.
그곳은 조용하고 평화로워 절로서 안성맞춤이었습니다.

그러나 제타 왕자는 그 땅을 팔기 싫어서
"정 사고 싶으면 그 땅을 모조리 금화로 덮어라"고
농담처럼 말했습니다.

그렇게 말하면 아나타핀디카가
땅 사는 것을 포기할 줄 믿었습니다.
그 말을 들은 아나타핀디카는 곧 마차에 금화를 가득 실어다가
장원을 덮기 시작했습니다.

이를 지켜본 제타 왕자는 그가 단순한 이유로
그 땅을 사려는 게 아님을 알았습니다.
그래서 금화가 부족해 덮지 못한 일부분의 땅은
자신의 보시로 부처님께 바치기로 했습니다.
이렇게 해서 완성된 사원이 바로 기원정사입니다.
부처님께서는 생애 가운데 많은 기간 동안
이 기원정사에서 보내면서 수많은 법문을 들려 주셨습니다.

고독한 사람들에게 많은 보시를 나눈
한 장자의 큰 마음 씀으로 인해 부처님의 법문은
오래도록 이어질 수 있었던 것입니다.
진리의 보시는 다른 어떤 보시보다 수승합니다.

2010

긍정의 마음이야말로 살아가는데 있어서
확실하게 도움이 되는 보증수표와 같은 것입니다.

행복한 사람들은 어떤 역경이 닥쳐와도
자신이 행복해야 될 이유에 초점을 맞춥니다.

황폐해진 마음 밭에 촉촉한 물을 뿌려
작은 꽃이나마 가꿀 수 있게 북돋움을 주는 것이
진정 나에게로 떠나는 여행의 의미입니다.